KB270353

시안황금알 시인선 10

자갈치통신

이유경 시집

시안황금알시인선 10

자갈치통신

초판인쇄일 | 2007년 03월 17일
초판발행일 | 2007년 03월 30일

지은이 | 이유경
편집인 | 오탁번
펴낸곳 | 도서출판 황금알
펴낸이 | 김영복

주   간 | 김영탁
편집실장 | 조경숙
표지디자인 | 칼라박스
주   소 | 서울시 중구 필동2가 124-11 2F
전   화 | 02)2275-9171
팩   스 | 02)2275-9172
이메일 | tibet21@hanmail.net
홈페이지 | http://goldegg21.com
출판등록 | 2003년 03월 26일(제10-2610호)

©2007 이유경 & Gold Egg Pulishing Company Printed in Korea

값 6,000원

ISBN 978-89-91601-38-3-03810

시안황금알 시인선 10

자갈치통신

이유경 시집

황금알

| 시인의 말 |

1〉

시가 쉬웠던 날들에 쓴 시들의
유치한 감성과, 텅 빈 오만으로
수많은 기회들
허송하고 말았지만,
그랬지만! 나
빈집들이 익숙해진 나이에
잠 다 자버린 새벽이면
어렵게 시를 써놓고 뒤척거린다.
휴지쪽과 같은 언어
음치로 갈라진 노래
시간의 폭풍 뒤로 던져지지 않게
아우성이라도 치듯…
내 못난 시詩들아, 어쩌지? 하며

2〉

긴 세월 나의 시적 상상력과 언어를 자극해온
부산 자갈치 지명을 차용해
시집 『자갈치통신』을 내는 것이 많이 기쁘다.

2007 설날
자갈치시장에서
이 유 경李裕景

차 례

7부

영혼과 나비

1부

거기 세상에서

늪을 보고 있으면

늪을 보고 있으면 늘 궁금해진다
물은 왜 저기 모이기만 하면 더러워져
먼저 보낸 시간까지
냄새 나게 만드는지
갇힌 물이 왜 세상의 앙금을 털어다가
진흙더미 속으로 투신하려는지
늪은 또 저렇게 엎질러져있으면서
대책 없는 밤과 폭풍
드높은 곳으로 지나가게 놓아두고
제 구덩이나 파듯
왜 아래로 아래로만 졸아들려고 하는지

시계

그의 초침이 째깍째깍 소리치며 간다
시간의 침묵을 깨는 행진
분침과 시침이 그들의 속도를 재고 있다
스스로를 지우며 맴도는 저 맹목의 반추

힘 빠지면 멈추었다가
힘 들어가면 정신없이
동물처럼 앞으로만 가려는 그들 힘은
… 감았다가 풀리는 태엽
… 배터리의 완력 아니면
하느님의 지령에서 비롯된 것인가

우리는 알고 있다
시계에서 얻을 것은 약속된 허무임을

무엇 때문에 5월은

무엇 때문에 5월은 저 도시 언덕길
넘어 오기만 하면
쓰레기통에나 몰려 들어가 악취 저며 내는가?
들판 길에선 새로 돋은 풀들
제초제에 흠뻑 젖게 놔두고
암 병동 안팎 근심에 찬 사람들
더 깊은 수심의 바닥 빠지게 하고

5월이여 너는 어쩌자고
머뭇거리는 봄 쫓아내고 지겨운 여름 불러
아스팔트 길 검게 달구려 하느냐
무엇 때문에 너는
종합병원 영안실과 아파트 방
한 칸 못 지닌 사람에게도
멋진 풍경이 되었다가 훌쩍 가버렸는지

알고 싶지가 않다
수많은 5월 더 맞고 싶은 나로서는…

나의 말

내가 뿌린 말에
나는 늘 갇혀 왔다
나의 말은
한때, 6 · 25 상이용사처럼 험악했다
나를 떠난
말들은
입다 내다버린 내 옷과도 같다

나는 아직
나를 북받치게 하는 말과 더불어
살고 있다

가장 시인다웠던

가장 시인다웠던 그가 죽으면서
세상과 맺을 끈 다 거두어갔다
교활하고, 영민하던 그의 혼
벌써 먼 곳으로 가서
남은 자들 애석함이나 씻으며
돌의 자유에 길들이고 있을 게다

망루처럼 우뚝 선 그의 감성의 창에선
아직도 상투적 겨울
머뭇거리고 있지만

그가 남긴 참한 시詩 한 편이여!
누런 책갈피에서 걸어 나와
외로운 우리에게
우레와 같이…
젊었던 때 우리 치열했던 아픔이나
한 번 읊어 다오

먼지

나 허덕이며 사는 방을 향해
하느님은 노상
하늘 길 다니는 먼지만 뿌려다 주었다

내가 이 방에서 벌레처럼 지내면서
진실 가닥 하나 가늠하려
진땀을 흘리거나,
눈 먼 낱말들 모아 살림망에 담아놓고
몇 마디씩 꺼내어서
시시한 시詩로 땜질하는 것

… 쌓이는 먼지
쓸어내 버리기 위해서다

대여大餘*의 병실

평생 관계했던 그의 사연들이 모여
식물된 삶 헤고 있는 사이
이승에 걸쳐진 시인詩人의 손이
때 묻지 않은 어휘라도 골라냈는지
따뜻하게
구부러져 있습니다

어쩌자고
잠깐!
그의 손이
숨 몰아쉬듯 미동 하였습니다

아무 일 없었습니다

* 대여大餘: 연전에 작고한 김춘수 시인의 아호

시인의 무덤

부패의 전율이 그의 몸을 휩쓸어 갔고
뼈속 피까지 하얗게 거두었을 것이다
그때부터 그는 세상에서
지워지고 말았지만
그가 구사한 말이나 혼
책갈피 행간에 무명으로 잠겼을 테니까
읽는 사람 마음 스치고 있을 테니까
　　— 이 무성한 초여름
그의 무덤가에 풀꽃 하나
숨은 듯 핀 것 조금도 이상하지 않다

거기 세상에서

거기 세상에서 날 죄 짓고 살게 한 것
허물어지기만 하던
시간 때문이었거나,
땅 위 아래
다투면서도 어울렸던 인연

좀 더 가까이엔
내 부모의 밤 하나 때문이었네

폭풍 이는 날에는

폭풍 이는 날에는 바닷가에다 나를
버려두고 싶을 때가 있다
날아올라 가볍게 추락하는 파도와
갈매기들 분주함
따라 출렁이고 싶어서다
겨울 정동진포구 언 톱날 암벽으로
지치지 않고 기어오르다
떨어져 쓰러지던
허연 거품 앞에 서면 더욱 그랬다

2부

작은 섬

자갈치 통신 1

냉동을 푼 생선들 방금 부패의 늪에 던져졌음
여자들이 비늘에 젖은 오지랖 털며
도심의 아침을 향해 호객을 시작함!
갈 곳 잃은 어선
오후 내내 치근대고
갈매기 몇 엇갈리며 걸식의 바다 기웃거렸음
또 먼 바다에서 굴러온 파도 하나는
남항南港 방파제서 종일 부딪치고 있음

자갈치 시장과 뚫린 하늘
오늘도 실없이 저물 것임

자갈치통신 2

한가위대목이 휩쓸고 간 시장바닥에
오늘 진창이 시커멓게
퍼질러 앉았고
마른 구름에서 웬? 빗방울이 서넛
후두둑!
길 건너뛰는 나를 치고 사라짐
갯냄새 마구 피어오르는 한낮을 향해
횟집들이 문을 열어놓고
빈 길가서 애타게 호객하고 있음
　"오이소 보이소 사이소"*
주인 잃은 어선들 불평하듯 삐걱대고
낚시꾼 몇
바람 불어오는 바다를 노리고 섰지만
한 시간이 넘도록
잡어 새끼 한 마리 구경 못했음

* "오이소 보이소 사이소": 부산 자갈치 시장입구에 세워진 선전문구

자갈치 통신 3

폐타이어 달고 옆줄 선 어선들
심심해서 서로 밀치거나 잡담 중임

명절 준비 바쁜 상자들
생선냄새 삐죽거리며 퇴출해 있고
반짝이는 비늘이 처치 곤란임

괭이갈매기 서너 마리가
허기 못 벗어난 듯
천막가게 지붕 위에까지 날아옴

깃발 휘날리는 배들
주인 안 나타나니 저러고 있음

자갈치 통신 4

파도에 얻어맞아 병신된 방파제 위로
남항대교가 무지개처럼
높고 긴 소통疏通의 꿈을 한껏 펼치고 있습니다
수십 년 맴돌아 온 내항에서는
어제처럼 기다림에 지친 돛대들
서로 밀치다가
시시해진 얼굴로 자갈치를 향해
뱃고동이야 울거나 말거나! 하고 있고
갈매기가 다리 밑 뒤지며 끼룩거립니다
　“… 부우… 부우… 부우…”

자갈치 통신 5

질척거리다 물러 선 가을비
천마산 꼭대기서 오락가락 하고 있음

내밀한 구름 제치고 내려온 바람은
쌀쌀한 얼굴로
내항 구석구석을 뒤짐

새로 생긴 생선회 센터가 오만하게
자갈치 근처를 방어하고 있어
기댈 곳 없어진 나
미련 없이 옛 시장골목으로 철수했음

가을비가 바다 쪽으로
기울어지는 건 순전히 바람 탓임

작은 섬

그 여자 작은 섬
저녁 무렵 어린 꽃잎처럼 닫혀 있었다
파도란 파도 다 몰려와
아우성치듯 노크했지만
그 여자 문짝 하나 따준 적 없었다

작은 섬 그 여자
며칠 전부터 헐벗은 몸 소리치고 있다
훼방 놓고 가는 바람 꼬리를 향해
《혼자 있게 해다오
《혼자 있게 해다오!

섬에게

바위는 바위로부터 한 몸 되어있지만
섬은 돌부리들 굳건하게 밟고
이순신 장군이 그랬듯이
사방으로 소리소리 치며
왜적의 선단 같은
파도의 대오, 열심히 저지하고 있다

△

구경 왔던 사람들 저녁마다 가버리지만
침묵으로 남는 그대
영원히 사라지지 못할 게다
바다가 넘쳐서
깔아뭉개지 못하는 한
그대 섬에게, 시간은 할 일 없으므로

뚝섬근처

청계천 새 물이 중랑천을 만나서
한강과 동행하려다
자꾸 침몰하는 것
난생 처음 뚝섬 근처에 가서 나 보았다
황혼 올 때까지
마른 억새풀밭 너머 겨울철새들
날아다니거나 잠든 척하는 것도

그러나 서북풍 거칠게 부는 동짓날
강변 어디를 둘러봐도
우리 편하게 쉴 곳은 없어!
서울의 어둠,
불 켜켜이 켜들고 왔다 떨며 섰을 때
긴 밤 속으로 떠밀리듯
우린 서둘러
섬 아닌 섬 떠나야 했다

새 길에서

새 길 가던 아스팔트가 제 냄새에 취해
까만 얼굴 자꾸 까맣게 덧칠을 하고 있다

옛길과의 다정한 만남이나 사람
기다리는 동구 밖 향해
길은 꾸부러진 채 놓여 있다가는
이내 직선이 되어
신들린 듯 안개 속으로 쳐들어갔다

세상 먼저 버린 아내 나중에 만나면
새 풍경 전해줄 것인지…
초로初老의 홀아비 하나 두리번거리며
아직 차 안 다니는 길
휘적휘적 걸어가는 것이 보였다

그 집

그 집은 아마도 백 몇 십년 전부터
사람의 때 묻히고 무너지다가
더 이상 무너질 수가 없어서
비 오는 새벽이면
귀신처럼 웅크려있다 갔을 것이다

그 집에서 나는 자랐고
영혼의 눈 조금씩 열었다
한때 헌 잡지처럼 버려졌던 그 집
어떤 내용을 담고 갔는지
알 수 없다

내 안에서
아직 잠들지 않는
추억의 외침

이사

도도한 얼굴로 너는 흰 비단에 싸여
꿈에서처럼 누워 있었다
그 옆 우리가 짜낸 슬픔 가식으로 찼었고
장례미사 기도소리도 잠시 비속하였다
값싼 향에 절은 장의차
마지막의 너 달래듯 경적 울리며 갔고…

4년 전 그렇게 간 아내여
남아있던 우리 오늘
이삿짐 챙겨
이 동네를 떠나려고 한다

3부

구파발 개

자클린의 눈물*

내 앓아누운 변두리 꽃동네
안개 낀 초여름 낮
서해 하늘로
낮달 보란 듯 지는 것을 보고
나는 저녁 내내 소리 하나 익혀갔다
질긴 감성의 첼로
줄과 몸통 속으로
떨며 적시고 가는 자클린의 눈물

* 자클린의 눈물: 프랑스낭만주의 음악가 오펜바흐의 첼로 곡

헌 구두를 보며

이 구두 신고 첫 외출 때
그 빳빳하던 흥분
요 몇 년 사이 왜 풀이 죽어 있었는지
이제야 알 것 같다
폐기된 콘돔의 우울처럼
세상 뒤에
나 버려져 있었기 때문이다

반전 없는 운명을 탓하며
내일도
헌 구두에 실려서 나설 한 사람!

구파발 개

새 동네 짓는다고 부셔버린 구파발에
개 한 마리
노숙자처럼
쉴 구석을 찾아 기웃거리고 있습니다
이 꽃다운 봄날
마른 쓰레기 더미 종일 들추며

♤

구파발성당 뒷산 풀밭에서
그는 죽어갔다 야성과 굶주림의 한 끝
하늘을 가는 저녁종소리와
새벽 별의 쓸쓸함 혼자 짖다가
시팔! 성자인 양 말라서,
그의 하느님 곁 모로 누운 채

빈집 뜰에서

부서진 집의 쓰레기무덤 다 된 뜰이
시간 속으로
매몰돼 가고
봄바람이 열쇠 없어진 문짝 뒤에 와서
허탈하게 웃다 가기도 했다

소용되던 것 죄 실려 갔으므로
여기서 내가 취할 것
하나 없다
라일락 향기에 취했다가
불쌍한 얼굴로 떠나면 되었다

흔한 상처

큰 소리 한 번 못 쳐봤고, 늘 패자였고
산기슭 바위틈에 처박혀서
햇볕과 바람과 속병에
시달리다가
뿌리째 말라 죽어 있다가
속속들이 썩어 텅 빈 소나무여!
아무도 이 버림받음
감싸주지 않았구나, 흔한 상처

인형

나 이제는 버림받은 인형이다
빈 동네 골목길
여름 적막 속에서
지난 사랑 덧없음이나 노래하는

많은 세상 헤매었어도
나의 길은 찾을 수가 없었다
죄 짓거나
버려지기
홀아비 되는 것도
살아서 만난 행운이겠지만

앞으로도 도리없이
추한 인형으로
버림받는 일만 남겨 둔…

산행일지

산에 들어가 종일을 헤맸지만
세상 먼저 떠났거나 부활했다는 사람
하나 만나지 못했다

우리 모르게 남는 것 중 돌이나 바위
그들 시간의 갈피 속에는
죽은 자 껍질로 가득 차야겠고,
내 비열했던 과거는 한 토막도
씻을 길이 없으니
어서 하산하여
세속 찌든 채 잠이나 자 두어야겠다

네온의 늪,
밤새도록 달뜬 거대 도시에 잠겨서

그 삼월의 폭설

산등성이가 흰 깃발같이 펄럭거렸다
봄 환청에 시달리던 숲과
먼 도시 빛내던 불빛과
차디찬 비의 결빙
어느덧 폭설 되어 스스로를 뭉개가다가
엎드린 계곡 묻어버리는 듯
억수같이 내려 쌓이고 있다

한 쪽 기슭은 새벽잠 아득히 설치고
한 쪽 기슭은 폭설 꽁무니를 파헤쳐
번쩍이는 아침 잔뜩 게워내었다

더럽혀진 눈 졸아든 저녁 무렵에는
기슭마다 숲과 길이 만나
봄으로 길게 잠행할 것이니
우리에게로 오는 사월
불빛 같은 꽃들과 따뜻한 안개 이끌고
땅 깊숙이까지 울렁거릴 게다

헌집 버리기

이십 년 잠 깨고 깨어서 내가 가진 건
꿈같이 헐리는 이 집 한 채다
내용물 가운데엔
나를 따라온 어리석은 가구들
묵은 때로 번쩍이면서
소년시절 내 필적처럼 웃고 있다

잠을 자다가 누구는
꿈 안은 채로 세상 하직한다지만
구름너머까지 흘러간 시간이나
세상 물길 다 모아왔어도
바다는 여태
육지를 뒤덮지 못하고 있다

그러니 이 헌집
나를 비집고 있다 지워지는 공간

집 부수기

사람 다 비운 채 반년을 버티던 그 삼층집
어제 불도저 두 대가 짜고 와서
무정하게 물고 밀어 패대기쳤다
저항하듯 일던 먼지 찬물 샤워에 진압됐고
수십 년 절은 그림자 모조리 지워졌다
그리고 오늘
낯선 중기차 한 대 기어 다니며
추억 찌꺼기 모아
트럭짐칸 가득가득 실어내주고 있다

잘 가거라!
한 시절 징발됐다 딴 시절로 합류하는
우리 삶의 벗들

4부

넝쿨풀의 거역

저녁 골목에서

그들 살다 간 집 벽과 지붕 내려앉아
겨울 가뭄에 잔뜩 가위 눌려있고
버려진 방범등燈 몇
어둑한 불 켜들고
밤마다 쉰 휘파람을 불어제치고 있다

일없어진 쓰레기더미로
달빛이 다가와서
지난 시간들
뒤지는 것 가끔 보였다

사람 떠난 뒤는 늘 이런 식이던가…
억장이 무너진 다른 집들
        《어이구 더럽다!
꽁꽁 언 삼월 하순 향해
서로 부둥켜안고 탄식하는 것도

봄비 온 날

봄비 맞고 흙 속으로 사무쳐 간 씨앗들
싹 트는 행위로 법석들을 떨고
애벌레 세상 막 벗어난 곤충들
햇볕의 골몰 헤치며 꾸역꾸역 나오고 있다
산기슭 젖은 나무 가지에선
재빨리 섹스 끝낸 새들
푸드득 푸드득 시위하듯 흩어져 갔다

집과 뜰은 모두 주인이 있으므로
그만그만한 꿈과 성취 이어져 왔음
하여 내일 쯤
나도 내 젖은 땅에
꽃나무 한 그루 더 심어야겠다!

편지

　오래 전 폐가 된 것 같은 우리 그 옛집 나 혼자 가서 구경하고 왔어. 지붕과 시멘트벽들 먼지 누더기 쓰고 있고 버려진 TV 속으로 사라진 시간들 거미줄커튼 뒤서 찌들고 있더구나.
　한동안 그 앞에서 나 이렇게 기도했었어!
　〈찾아주셔요, 허풍선이 하느님
　다른 집들에서 낭비한 시간과
　그 사이 끊어지고 만 우리
　질기고 질긴 인연의 끈 하나〉

폐가에서

마지막 가족이 이사 간 후
버림받은 가재도구들이 시간을 안고
삭은 뼈처럼 발겨졌다
밟히고 부서지고 거듭해서 깨지고
문이란 문 다 드나들며
바람은 하나같이 찢겨져 울었다

바깥세상에선 지금
한 줌 희망이라도 찾은 듯
크고 작은 차들
각자의 방향으로
씩씩하게 굴러가고 있음!

아무도 놀러 오지 않는 세상으로
시멘트 가루나 먼지를 뿌리다
사라지기 위해
아침마다 그는
까맣게 삼킨 어둠 켜켜이 게워 놓고
구겨진 모습이나 펄럭이고 있다

해당화와 개

내 집 뜰에서 십 수 년 머문 해당화와, 삼 년을 먹고 짖던
잡종견이 자신들을 버리고 우리 갈 줄 아는 듯하였다.
지난봄 내내 개는 제 집안에서 말라갔고, 그 옆에 선 해
당화는 가시 돋친 줄기에서 새싹 두엇만 내놨기 때문이다.

우리 마당 이 물건들은 여름 내내
"다 함께 살 아파트 어디 없냐?" 했지만
그 여름 다 가기 전 우린 헤어져야 했다

그 해당화는 화분에 심었다가 죽였고, 남의 집 살이 보낸
개는 새 주인과 함께 행방을 감추었다.

이듬해 봄 나의 옛집은 헐렸고
버린 가구들이 쓰레기 되어 찾아간 우리를 외면하였다

대보름달

대보름달이 산 위에서 목을 빼고
기울어진 동네 저녁 비추었을 때
거기 옛 전쟁터
사람 묵다간 흔적 검게 떠올라 있다
이 침묵의 땅을 지나
서녘 하늘에다 별과 구름 몇 점
앞세우고 가던 달이 한 말

… 희망 하나 쯤 갖고
기다리기로 하자
다음다음 해 오늘 이맘 때
새 동네에서 우리 만나게 …

슬픔의 냄새

어떤 냄새는 오래 전 보낸 슬픔
되돌리게도 한다
익숙한 향수처럼
세상 먼저 뜬 여자의 울부짖음
문득 문득
이승 한 귀퉁이 치고 오듯이

돌이켜진 슬픔
낙엽 태운 연기 냄새가 난다

꽃씨의 다짐

우리 한 2년 싹 트지 않으려고 한다
나무들 징발돼 간 봄 교정으로
마른 박토薄土와 시멘트 무덤 가득 덮칠 것이니
이쯤해서 눈 빠히 뜨고
눈먼 세월은 건너뛰려고 한다
어여쁜 아이들아 너희 노래와 함께
꽃 피는 세상으로
피어나기 위해
가혹한 이 불모 죽도록 견디려고 한다

넝쿨풀의 거역

어제까지 나는 이 풀들의
몽매한 모색과 질주엔 관심 없었다

하지만 오늘 쓸쓸하게 지는
가을 뒤통수를 치며
된서리의 아침 꾸며내신 하느님!
어찌 하시려나
꿈꾸며 버티는
넝쿨풀의 저 시퍼런 거역을

병실에서

6층 병실에서 내려다본 새벽 도시
지친 불빛 띠워 어둠을 삭이고 있다
신당神堂 잃고 잠든
늙은 무당 얼굴이 저럴까

삼월의 낡은 추위가 도시 밖에서
군불이라도 지피려는지
차들에게 시동을 걸어주고 있다

잠든 병동에서 혼자 잠 깨어서
언 창 안을 서성이며
나 새벽 빈 뜰
그립게 지켜보고 있음 보이느냐

내 뼈를 보다

부러져서 몸 밖으로 나온 내 뼈를 보았다
어둠 속에 하얗게 질린 비애여

죽지는 않을 거야! 하면서
나는 전신마취에다 정신을 맡겼다
소독된 피 흘러 응급실 바닥을 적셨고
마취의 덫에 걸린 통증
몸 깊은 곳서 짐승처럼 소리친 것
나 나중에야 알아챘다

뼈를 묻은 나의 근육은 아직
가닥가닥 숨은 아픔 찾아 지우고 있다

미라의 노래

마지막 이십여 년 동안
나는 좆 힘 다 빠진 종마처럼 살았고
외짝 우울로 채워진 혼
공기 빠지듯 새나간 후
허기진 몸으로
어찌어찌!
여기 미라 되어 잠들어 있다

다음 세상에서
내 이 퇴락한 신세
하늘
한가운데로
어여쁜 깃털 되어 날아나 봤으면

새벽에

감전感電되듯, 통증에 걸려 새벽잠을 깼다
좋았던 시절 엮인 꿈 다 지워졌고
아픔 한 조각이 숨어
내 몸 깊은 곳 저몄기 때문이다
아득한 곳으로 잦아드는 어둠 버리고
늙은 짐승같이
나 어렵게 정좌

무망한 하루 또 시작이다
《일어나라!
  일어나
새벽 밀쳐내듯 낑낑,
시린 유리창을 연다

세상에서 없어지기 위해
나 아직 이 세상에 남아 있다

5부

우포늪 북천北天

주남지*

흙탕물이 가까지 와서 시위를 하고 있다
긴 여행 예약해둔 청둥오리 떼가
자맥질과 강강술래와
모의에 분주해하더니
허연 수초뿌리 몇 점을 물어 올려놨다
  《봄이 왔어!

바람이 차갑게 내 뺨을 때리다가
구룡산 숲으로 달려가는 것이 보였다
둑에 선 쑥대와 갈대줄기가
아랫도리 다시 세우기 시작했고
쇠기러기나 고니, 재두루미들과의
의례적 작별도 끝냈다
  《봄이 왔어!

♤

떠난 새들의 울음 삼킨 늪이
한 달 후쯤부터 노래했다고 한다

광활한 초록 무덤 안에서,
그 겨울 끝의 흔한 풍경 되새기거나
외롭게 사는 한 사람
단 한 번의 내왕을 기억하면서

* 주남지: 경남 창원시 동읍에 있는 저수지. 겨울철새 도래지로 유명하다.

우포늪 북천北天

음 정월 하순 우포늪 시린 북천北天 뒤로
옆줄 길게 맞추며 들어가던 기러기 행렬,
달포째 돌아오지 않았고
다음날 떠난 철새들도 기별 없었다

여기 시든 풀잎들이야
두어 달 지나 번질 연두색 세상
한 구석에 스러져 잠들
상념에나 골몰해 있을 터이고

뿌리들

너희 눈 닿는 곳 아래 컴컴한 흙 속에서
우리는 마을 이루고 정답게 살고 있다
비옥한 밭들
달디 단 홍수에 늘 젖었고
수컷들 곤두 박힌 기둥 밑
우유빛 바다로 강물 몇 다투듯이 흘러갔다

우리는 눈멀어 있지만 본다
무엇이든 만나면 뒤엉키거나 흩어지고
돌뿌리와 자갈밭을 비키고
험로와 박토 건너뛰면서,
우리는 귀먹었지만 들을 수 있다
지금도 듣고 있다

죽어가는 흙의 전율과
아무도 못 들어가 본 무덤 속으로
우리 목숨
두레박 끈 닿는 소리

낯선 민들레

통일로 변 잔디밭에 낯선 민들레군群 나타나
노란 꽃 하나씩 피워놨거나
바람 뒤 빈 하늘로 홀씨들 휘날려
보내는 것이 보였다
어떻게 이것들 여기 와서
대한민국 서울
봄바람 함께 숨쉬어왔던 것일까

중년 여자 둘이 키득거리며
꽃들 따서 쌓아놓았다
"…달여 마시면 약이래요."

한 달 후 가봤더니
    …숨어버렸나
많던 민들레 어디에도 보이지 않았다

남천南天나무

　남천나무 분盆 하나 방에 옮겨놨더니 초겨울임에도 새 잎
들 꾸역꾸역 나와, 단풍든 잎 젖히고 어린 가지 마구 얼리
며 자랐다

어떤 늙은 것 리듬 빠진 노래를 부르거나
이른 불행을 울다가 내려온 낙엽들
무질서의 끝이나 휩쓸다가
뿌리에 물 먹이는 내 손 훔쳐보거나 하였다

♤

세상 가로막다가 무너진 사연 따위
헤아린들 무엇 하겠느냐
남천南天 아래 얼음
두껍게 쌓였을 때에도
남천나무 가지들은 조금씩 자랄 것이고
봄날이면 또 새 잎 몇 갈무리할 것이니

가을나무들

나무들이 낙엽 다 벗어놓고
길게 자란 새 가지 몇 개 겨우 세워놓고 있다
바람이 숨바꼭질하듯 그 사이사이를 다니며
잠시 멈춰 선 대기에게 말하던 것,

보아라! 저것들 하나, 하나가
빈 풍경으로 일어서겠지만
땅 밑엔 뿌리끼리의 그리운 만남과 작별
진흙으로 부서져도 자생하는
황토 속엔 금빛 자양의 보고가 있다

쓸쓸하게 지는 시간들
가지로서만 알려주던 것 무엇인지
저들에게 말해달라고
선들바람이 당부하는 것…

각자 떨어져서 귀 기울이고 있다

봄날에

봄 아침마다 꽃과 잎들은 향기롭게 떠올랐고, 검은 연못
바닥에선 누런 싹 힘차게 진흙 구덩이 헤쳤을 터였다.

아프니까 눈에 보이는 게 없으므로
나는 병실에 숨어
봄날 마구 주무르는 봄 하느님에게
글 한 줄 보내려고 한다

나 오늘 이렇게 살아있음이…

겨울 사과밭

사과나무 가지에 마른 잎 몇 개 걸려
간단없는 소리 서걱대고 있고
까마귀 한 마리 까악 깍!
내 큰어머니 구성진 곡소리를 흉내 냈다
강변까지 달려가던 바람과
빈집 문풍지의 탈진 뚫고
새벽이 진통을 다 끝낸 듯 겨우 열렸다

강 건너 마른 풀밭 다녀온 참새들
서로 까탈 부리며
잔가지를 건너다녔고
꽃과 향기 머금어 부푸는 뿌리들
아득한 봄으로 편승하려 하느니
가자! 시방 눈 내리면
시렸던 하루도 하얗게 닫힐 것이야

등산로에서

등산로 가로지르며 추락한
썩은 나뭇가지
한 개
길 가에 치워놓고 터벅터벅
올라가다가, 잠깐!
오월 초순 아침 햇살 떠받들고 있는
연두색 그늘
그립게 올려다보다가
내
눈 안의
나
허덕이며 살아 있음
화들짝 놀라다가

감포에서의 해맞이

감포 바닷가에 가서 해맞이하면
서울 일 다 잊혀지고
바다 가운데 모의하듯 앉은 대왕암과
남빛 바닷길의 가없는 종점
빛나는 것 헤아리다가
트인 가슴 되어 그대 돌아오면
《 …그래도 한 해
나 잘 살아있어야지 》싶을 게다

신라적부터 몰려왔다가
아직도 한 해를 맞고
겁 없이 일본日本 정벌 떠나는 파도처럼
허겁지겁 견딘 우리
천년 허깨비 같은 삶!

6부

■ 시인의 얼굴과 육필

넝쿨들의 거역

이 유 경

어제까지 나는 이 풀들의
몽매한 모색과 질주엔 관심 없었다
하지만 오늘 쓸쓸하게 지는
가을 뒤통수를 치게
된 시리의 아침 꾸며내신 하느님!
어찌 하시려나
꿈꾸며 버티는
넝쿨들의 저 시퍼런 거역을

7부

영혼과 나비

그 여름에서 봄까지

해방되던 날 나는 영문 모르고 만세를 불렀고,
청년들이 일본인에게 몽둥이질하는 것 보며 놀라 울었다.
헌병이 쳐들어온다며 어른들 산으로 피난 갔고,
나는 일본인 과수원에 들어가서 복숭아나 따 먹었다.

그 해엔 추수를 했음에도 곳간들 텅 비었고,
호열자 걸린 사람들 골라 '소구루마'에 실어 냈다.
우리 집은 보리죽에 뜨거운 시래깃국으로 끼니를 때웠고,
생무나 씹으며 긴 겨울밤 떨며 견디었다.
우리 동무들이 모여 논 곳은 매양,
매캐한 머슴방 돗자리 위거나 짚더미 속이었다.

… 해방된 나라에 첫 봄이 오고,
내 또래들 새 학교 들어가 글자들 익혀나갔다.

이모 생각

초동에 사는 이모 오면 집이 떠들썩했다
누나와 나 어렸을 적
엄마 닮은 한 사람이 나타났기 때문이다
불임에다 서른에 남편마저 잃고
혼자 쓸쓸히 사는 이모
짙은 눈썹 아래에 눈이 짓무른 여자 둘
서로 돌아앉아 울던 것
생각하면 지금도 자꾸 웃음이 난다

가을 저녁 향해 낙엽들 누운 산책길
내가 다친 다리 하나를 끌고
찬바람 헤집으며
가고 있다
엄마도 이모도
모두 없어진 이 세상 한 구석을 향해

저 금빛 아침나절

한가위 달이 찐빵처럼 부풀어 떠올랐고
두 사람 새벽까지 들판 길 헤매 다녔다
꺼내고 꺼내어도
늘 풋풋한 대화
두근거리는 가슴에다 나눠 담은 채
배고픈 새들처럼
그들 흩어졌음

달빛이 닦은 길 따라
벼 익는 냄새
오십 년을 물결치고 가는
저 금빛 찬란한 아침나절

아직도 샅샅이 헤아릴 수가 있다

그해 여름, 그해 가을

　그해 여름, 그해 가을 피난민들 몰려와 교실 다 점령하고, 우리는 운동장 구석에서 국군장병에게 위문편지나 썼습니다.

　다음 여름, 다음 가을 청년들 모두 군인으로 잡혀가버린 빈 동네에 전사통지서들 날아와 사흘들이 통곡 터졌습니다.

　우리는 장난감 총 만들었고 탄피에 화약 넣어 전쟁놀이를 하다가, 피난민들 다 간 교실에서 빈대 벼룩과 싸웠습니다.

　하늘에는 폭격기 편대編隊 날아다니고 우리는 중학입시 국가고시 치른다고 트럭 타고 먼 곳까지 폼 잡고 간 적도 있습니다.

그 다음해 여름 지나 그 다음해 가을
드디어 휴전이란 게 왔고,
우리는 가난의 삽짝문을 밀치고
제복의 중학생 되어있었고,
편지 쓰던 감성으로
나는 시란 것을 짓기 시작했습니다

토끼 고기

내가 풀을 뜯어 애지중지 토끼 한 마리를 키우고 있었는
데, 내 어머니는 나와 상의도 않고 녀석을 잡아 국을 끓여
내었다. 그날 우리 가족은 처음으로 토끼고기 맛을 보았다.
무 조각 사이로 기름 둥둥 뜨는 국맛의 노리끼리한 슬픔이
라니! 하얀 털과 분홍빛 눈과 두 이빨의 무참한 종말과 야
만의 시작을 달래면서 우리 식구는 모처럼 영양식을 삼켰
다. 누구도 토끼 이야기는 안했다.

나는 다시는 토끼를 키우지 않았고
세상 갈 만한 곳 다 가서도 토끼고기는 먹어보지 못했다

혼과 나비

초여름 산길에서 추락사, 한 달 만에 발견된 친구의 빈소
에 모인 우리들 앞에 그의 큰아들이 웅얼대듯 말했다.

"노란 나비 한 마리가 당신 가슴팍에 앉았다가
 우리 다가가자 날개를 펴고
 두 세 바퀴 시신 위를 날아다니었고요
 이윽고 나비는 작별하듯 땡볕 속으로 사라집디다.

 … 저의 아버님! 혼이 떠나시는 듯했습니다."

빈 외양간

소도둑이 우리 집 소를 몰고 가버렸다
텅 빈 외양간
여물과 분뇨의 슬픈 온기 남겨두고

우리 식구들 흩어져 겨울 새벽길
먼 장터 우시장마다 찾아다녔지만
순하던 그 암소
그림자도 못 밟았다

겨우 내내 텅 빈 외양간에
바람이 들락거리며
풀 죽은 볏짚이나 빗질하던 것
우리는 외면하며 다녔다

이듬해 봄이 적막한 얼굴로 왔고
술 취한 아버진 새 용의자를 만들어
저녁 내내 욕을 끓여 부었다
어머니는 부엌에서 한숨만 쉬었고
나의 형은 그래선지
대학 문앞도 못 가보았을 것이다

목화송頌

산비탈 삼백 평 밭 목화꽃이 지고 갈색 가을 가지 끝 열매가 삼킨 하얀 솜 다발을 끄집어 낸 내 어머니는 겨울 내내 물레질로 실을 뽑아 무명을 짰습니다.

그리고 소년인 나는 배틀 앞에 앉아 겨울밤이 새도록 노래하는 어머니 곁에서 열다섯 살까지 따라 부르지 못하는 언어들을 귓가에 흘렸습니다.

나의 언어에 슬픈 좀이 슬게된 건 그때부터였습니다.

대마초를 피웠다가

떨어져 마른 대마 잎이 지천이었고
우리는 어른 흉내 내며 담배처럼 피웠다
매캐한 연기 마시다가
캑캑거리던 어린 우리들
근처 풀밭에 픽픽 쓰러져서 졸도하였다

한여름 대낮 도깨비 세상
흰 뼈들이 다발로 서서 춤추었고
햇빛 찬란한 동네 위로
전투기 편대 떼지어 날아다녔다

환상의 늪에 빠진 나는
허우적대다가 겨우 깨어나긴 했는데…
너무 일찍, '좆도 모르고' 잠시
마약의 내막으로 들어가 본 거였다

엽서葉書 한 장

아버지! 이 추운 날 땅 밑은 얼지 않았는지,
옆에 누운 엄마도 평안 하시나요?

며칠째 비라도 뿌릴 듯
서울 하늘 계속 어수선합니다.

다 보고 계시겠지만!
딸 둘 아들 하나 아버지 핏줄 올해도 끈 못 이었고,
저 홀아비로 속절없이 늙고 있습니다.

더 죄 안 지으려고 숨어있습니다. 아버지

2006년 세모 / 불효 아들

■ 시인의 꿈과 길

다음 일련의 짧은 산문들과 시작노트는
2004년부터 지난해까지 몇 몇 잡지에 써왔던 것
가운데 추려서 재정리한 것이다.
시에 관한 일반 적인 소견도,
시작과정이나 나의 시에 대한 이야기도 있어
버려두기 뭣해 책 말미에 싣는다.

이 유 경

있음과 버림과 떠남

1.

사물을 직접 확인하는 방법에는 눈(시각)과 손(촉각)의 기능이 있다.

시각은 사물의 반 정도, 그러니까 보이는 전면 밖에 파악할 수 없지만, 이 시각을 통해 사물의 보편적 연속성을 떠올리고 형상화 가능한 상황도 상정한다.

그러나 촉각에 의한 사물 확인은 한계가 있다.

눈과 손으로 당장 대상을 확인했다하더라도, 우리는 사실 사물에 대해 잘 알지 못한다. 사물이 어떻게 하여 우리 앞에 나타나 있는지, 누가 어떤 목적으로, 또 언제 만든 것인지 등등.

실제 눈에 보이는 것들은 자기가 이미 알고 있는 것보다 훨씬 구체적이고 신비한 내용을 지니고 있지만 사람들은 종종 간과해 버린다고 한다. 게다가 사물의 진정한 모습에 대한 사람의 그림은 제 각각일 수밖에 없다는 것이다.

여기에 시가, 예술이 개입되는 공간이 생긴다.

시가 사물의 진실을 발견하는 노래이거나, 타인들에게 언어로 그 진실의 모습을 환기하는 작업의 결과라 할 때, 멀쩡한 자연, 혹은 사물을 색다르게 보도록 만드는 것이야

말로 진실을 규명하기 위한 또 하나의 시도일 수 있기 때문
이다.

그러므로 시는 본질적으로 언어에 의해 사물의 진정한
모습(있는지 없는지 모르거니와)을 그려내고, 다른 사람에
게 그 진정함을 호소하거나 환기시키는 즐거움을 주려고
쓰여 진 것이라 해도 과언이 아닐 것이다.

따라서 시인은 보편성의 저편, 혹은 일상의 껍질 속에 있
는 '특별한 세계'를 알려주는 언어의 메신저라고도 하겠다.

2.

사람에 따라 다르겠지만 나의 경우 남의 시를 읽을 때는
작은 공감이라도 찾아 언어의 관계를 뒤진다. 공감을 주지
않는 시는 염증 때문에 읽기를 포기한다.

따라서 시에서의 훌륭한 공감은 일상의 먼지를 잔뜩 묻
힌 언어들을 헤치고 삶이나 사물의 어떤 실체를 엿보았을
때 생긴다. 그 실체는 시인의 표현에 따라 물론 다르게 나
타나는 것이기도 하다.

좋은 시와의 만남은 그러니까 하나의 충격이며 감탄이며
경건한 눈뜸으로 나는 치부하고 싶은 것이다.

새벽녘이나 아침, 잠에서 깨어나 당신은 일상의 늪 속으
로 버려지기 전, 좋은 시인의 시 한 구절을 찬찬히 읽어보
기 바란다. 비슷한 시대감각의 시면 더욱 좋다.

그러면 당신의 하루는 이전보다 더 의미 있는 날이 될 수

있을 것이다. 새로운 언어를 접하고 사물이나 삶을 새롭게 인식할 수 있기 때문이다.

시는 얼마나 언어를 새롭고 아름답게, 혹은 진실을 얼마만큼 깊게 통찰했느냐에 공감의 폭이 달라질 수 있다. 새로운 언어 관계는 새로운 세계를 제시한다.

예술은 비범하지 않으면 안 된다. 평범하거나 낡은 것은 결코 예술일 수 없기 때문에 시인은 불가피하게 새롭고 비범한 것을 향해, 비범한 결과를 찾기 위해 괴로워해야 하는 것이다.

통찰력이란 것도 마찬가지다. 그것은 때로는 천부적일 수 있지만, 대부분 기나긴 고통의 과실로 봐야한다.

시가 어렵게 된 것은 시인이 타인들에게 세상을 다르게 볼 수 있도록 여러 언어적 수단을 강구하는 과정에서 파생된 것일 게다.

장구한 시의 역사를 통해 시인들의 이런 노력은 시를 점차 난해한 것으로 발전시켰으며, 동시에 많은 독자로부터는 시를 외면하게도 해온 듯하다.

그러나 이는 원론적인 이야기일 뿐이다. 우리 현대시의 경우 몇 편을 읽어도 공감 비슷한 것조차 얻기 힘든 것이 많기 때문이다.

맑은 정신이 마모돼 가는듯한 이 다양한 정보와 부박한 말의 홍수 속에서, 지금 우리 시인은 무엇을 가려내고, 어떤 언어로 시를 써야하는 것일까.

3.

　얼마 전 원로시인 한 분과 대화하는 중에, 그의 이야기를 듣고 과연 그렇겠구나 싶어서 그 내용을 소개한다.

　그는 농아학교와, 이웃한 맹아학교를 잇달아 방문한 일이 있다고 했다. 두 학교 학생들이 글짓기대회를 열어 그들 작품을 심사하는 일이었는데, 두 그룹의 글에서 놀라운 결과를 확인했다는 것이다.

　그것은 맹아학교 학생들은 제법 쓸 만한 글을 쓸 수 있었으나 농아학교 학생들은 도무지 글이 되어지지가 않더란 것이다.

　보지는 못하지만 듣고 말한다는 것, 그러니까 어떤 것을 상상하고 논리화, 혹은 이미지화해서 글로 표현하는 것은 언어 없이는 불가능하다. 그래서 언어는 로고스라고 한다. 듣지 못하고 말할 수 없는 사람은 수화手話나 단순한 감정의 표현으로 상대방과 의사소통이 가능하다.

　그러나 창조라는 언어적 표현의 세계에선 불가능에 가까운 것일 수밖에 없을 것이다.

　"한 처음, 천지가 창조되기 전부터 말씀이 있었다. 말씀은 하느님과 함께 있었고…"의 성경의 이 '말씀'은 곧 로고스다.

　생겨난 모든 것은 로고스를 통해서 생명력을 얻는다고 했다. 사고하는 것, 삶의 힘 혹은 논리나 철학의 원천이 로고스란 것이다.

　언어가 없는 삶은 비이성적인 세상을 견디어가는 일에

다름 아니다.

그러므로 언어를 다루는 문학은 남에게 자신의 경험이나 느낌을 전하는 방법의 탁월함 여부에 존재 가치가 주어져 왔다. 언어예술인 시는 더 말할 필요도 없다.

4.

'시인은 종족의 언어를 순화(purifier)시켜야 한다.'고 스테판 말라르메는 썼다.

언어 순화라는 것은 무슨 뜻인가? 순화란 말의 사전적 의미는 잡다한 것들을 걸러내고 순정한 것이 되게 하는 것일 게다. 언어의 순화는, 그러니까 언어의 이상화, 혹은 이데올로기의 주입이거나, 쓸모없는 의미를 걸러내 순수한 것으로 만든다는 의미로 해석할 수 있겠다.

언어의 순화는 기존하는 언어가 어떤 관계로 하여 새로운 언어로 천천히 바뀌어가는, 혹은 발전해가는 과정과 그 결과에서도 나타난다.

종족의 새로운 언어는 그 종족의 시인에 의해 주도되어야 한다는 것이 말라르메의 주장이다. 그의 주장대로라면 언어의 순화는 시라는 연마과정을 거친 다음 생성하는 것이라고 보면 된다.

그것은 광물에서 보석이 태어나는 것과 같은 이치일 것이다.

그러나 '시의 종족 언어 순화'는 시가 사람들의 의식에 대단한 영향력을 행사했던 19세기 말 프랑스 사회에서나 가능했던 이야기일 수 있겠다. 오늘날처럼 시가 대중성을 잃고, 시 자체의 존재가치가 지극히 한정되어있는 현실에서 '순화' 운운하면 난센스란 소리를 듣기 마련이다.

왜냐하면 오늘날 언어순화의 주역은 단언코 인터넷까지 포함한 매스미디어나 유행하는 노래의 가사 말이 되고 있기 때문이다.

그렇다 하더라도 시인의 의무는 종족의 언어를 순화시키는 작업에 매진하는 것이어야 한다. 매스미디어와 인터넷 속에 범람하는 저급하고도 살벌하기까지한, 시적인 깊이라곤 하나 건질 수 없는 언어의 숲을 뚫고서 말이다.

5.

김춘수시인을 서정주와 함께 한국근대시사에서 가장 뛰어난 시인으로 손꼽기를 주저할 사람은 드물 것이다. 만년의 20년 가까이는 거의 작품 활동을 않던 미당이 타계하고, 대여 혼자만 남아 아직 정정하게 시를 쓰고 있으므로 대여야말로 명실 공히 현존하는 한국 최고의 시인임엔 분명하다.

대부분의 시인이 노년에 들어서면서 사유의 힘이 부치거나 상상력의 결핍으로 시적인 긴장감을 잃기 마련이며, 그나마 작품을 쓰지 못하는 경우도 있다. 그러나 대여의 경우는 팔순에 들어서도 새 시집을 내 중판을 거듭하고 있고,

왕성한 시작활동을 과시하고 있다.

게다가 이 작품들은 정교한 언어구사와 젊은이 못지않은 긴장감을 수반하고 있어, 그의 문학적 가치는 새롭게 평가되기도 한다.

그의 시가 한국 시에 몇 가지의 규범을 세워왔고, 앞으로도 만들어 갈 것은 분명할 것 같다.

김춘수 시인이 처음으로 사투리 시를 쓴 것을 읽고 나는 잠시 어리둥절해졌다. '무의미 시'로 관념적인 요소들을 배제하고 언어의 순수성에 천착하던 그가 의미와 관념의 세계로 환원하긴 했지만 사투리 시는 대단한 변화로 볼 수 있기 때문이다.

'앵오리'는 김춘수 시인의 시 치고는 비교적 쉽게 읽혀지는 것이다. 따라서 긴 해설이 필요할 것 같지 않다. 게다가 시가 재미있다. 예를 들면 〈우리 고향 통영에서는/잠자리를 앵오리라고 한다./부채를 부치라고 하고 고추를/고치라고 한다./우리 고향 통영에서는/통영을 토영이라고 한다.〉에서부터 〈우리 외할머니께서는/통영을 퇴영이라고…〉까지, 사투리 일색으로 끌고 가다가 느닷없이 〈까치는 까치라고 하셨고 까치는/깩 깩 운다고 하셨다〉고 한 것이 그렇다. 표준어인 까치에 대해선 그의 고향이거나 외할머니라고 해서 따로 부르는 명칭이 없으니 그렇다는 어투다. 말할 필요도 없는 '까치는 까치라고 하셨고…'를 왜 능청스럽게 넣었을까?

여기에서 우리는 '김춘수 식' 상쾌한 유머 감각에 웃음을 머금을 수 있다.

그러나 이 시의 마지막 〈내 또래 외삼촌이/오매 오매하고 우는 것을 나는 보았다.〉를 읽으면 과거 속으로 잠겨간 그의 지나온 삶의 어떤 적막한 공간을 떠올릴 수 있어 잠시 우울해진다.

6.

"…그뿐이 아니다. 부끄러운 것은 오래전부터 스스로 자기 시에 절망하고 있는 일이다. 더는 소생할 기미 없이 죽어가는 나무를 바라보듯 죽어가는 시를 들여다보면서 나는 날마다 시와 함께 죽어가고 있다. 뿌리 마른 나무에 물을 주듯 부질없는 미련으로 무망한 일에 공허한 힘을 쏟는 일에 이젠 지쳐 버렸다.…"

인용한 글은 홍윤숙 시인이 『지상의 그 집』이란 시집을 내면서 자서自序에서 적은 것이다. 시를 만져온 지 57년, 긴 세월 동안 "겨우 열다섯 권 째의 시집을 내는 게으름이 부끄럽다"며 이렇게 썼다.

글 속에는 이미 죽어가는 시를 보면서 뿌리 마른 나무에 물을 주는 것 같이 공허한 일을 해왔다는 회한이 피력돼 있다.

한 원로 시인의 좋은 시에 대한 노력의 부족, 혹은 게을러빠진 자아에의 과감한 폭로가 읽혀진다.

시 쓰는 일이 새삼스럽게 엄중하게 여겨지는 대목이기도

하다.

'시인의 길'이라는 명제는 모든 시인에게 삶이나 사물을 보는 시선의 끊임없는 수정, 그리고 언어 선택을 위한 고심의 연속이 아닐까 한다.

자기가 보고 파악한 것들, 즉 자아는 자신이 살아 있음으로서만 피력 가능한 경험세계일 것이다. 현대문학의 다양성은 여기에서도 찾을 수 있다.

특히 시의 경우 최근 들어 삶의 이야기와 같은 스토리 전개 내용이 많아지고 있다. 자기의 삶에 대한 고백이 독자들로부터 광범위한 설득력을 얻고 있는 탓인가?

그러나 나는 소설 비슷한 이야기를 시에서 쓰고 싶지 않다.

당분간은 시다운 시나 더 열심히 쓰고 싶은 것이다.

7.

프랑스 현대비평의 근간이 된 마르셀 레몽의 『보들레르에서 초현실주의까지』란 책은 다음과 같은 구절로 결론을 맺고 있다. 〈시는 형이상학이 아니다. 시는 먼저 하나의 노래이다. 시는 세상의 젊음이기 때문에 나무-새-구름-별들처럼 세상에서 가장 오래된 실체들을 노래한다. 시는 어떤 본능의 자연스러운 연장이다. 나는 사람들이 마음 속에 비용에서 베를렌, 아폴리네르에 이르는 이상적 맥락을 빠트리지 않기를 바란다. 쥘 쉬페르비엘의 생생한 표본을, 페데

리코 가르시아 로르카에서 보이는 대중적 어법과 독창적인
시적 비전의 통합(매우 희귀하지만)이라는 표본 또한 과소
평가하지 말기 바란다. 시는 티에리 모니에가 그랬듯 문학
의 진수일 뿐 아니라, 무엇보다 먼저 살아있고, 존재하는
하나의 방식, 세련될 수 있지만 먼저 자연발생적인 하나의
방식인 것이다.〉

'시는 형이상학이 아니다'는 것은 시가 철학이나 이데아
를 이야기해서는 안 된다는 말과 같다. 자연이나 삶에 대해
형이상학적 고뇌를 하고, 언어로 노래는 해야 하겠지만 어
디까지나 노래이지 형이상학일 수는 없다는 것이다.

시는 세상의 젊음이기 때문에, 세상에 존재하는 가장 오
래된, 즉 나무나 별들 같은 근원적인 것들을 노래할 의무가
있다고 그는 주장했다.

8.

좋은 시를 읽으면서 우리의 감정이 찡해지는 것은 그 시
가 선택하고 사용한 언어의 새로운 관계, 너무 자연스럽고
정밀한 이미지의 수립 때문임을 우리는 경험으로 안다.

예로부터 우리들 말 속에는 "그 것 정말 절창이야"하는
찬사가 있어왔다. 요즈음 들어 그 말은 시인들 사이에도 별
로 들리지 않는다. 감동을 주는 좋은 시 구절이 나오지 않
는 탓일 게다.

안목의 차이는 있겠지만 나의 경우 '좋은 시'라고 권할

때, 가장 중요하게 생각하는 것은 시의 시다움에 있다고 말하고 싶다.

시다움의 선행 요건은 언어적 충격과 이미지의 신선함이다.

특별한 기교나 어법의 새롭고 정교한 힘이 있는 시가 감동을 줄 수 있지, 진부함이나 남이 이미 시험한 말의 흉내는 혐오감을 부른다. 시 읽는 재미를 포기해야 하는 결과까지 빚게 되는 것이다.

장 콕토가 어느 인터뷰에서 이렇게 말한 것을 읽고 감탄한 적이 있다..

"열여덟 살 때 나는 시라는 것은 단순히 남에게 환희를 전하는 메시지라고 생각했지요. 그리고 스무 살이 되었을 때 나는 연극이 그렇다고 보았습니다. 그러나 이제 나는 시라는 것은 무너진 갱도 안에 갇혀 구출을 고대하는 광부들에게 생기와 희망을 불어넣는 것이라고 생각하고 있지요. 시인은 성자여야 합니다."

여기에서 '성자'란 언어를 전도하는 사람일 것이다.

우리의 언어는 대부분 상투적인 것과 저속한 구어들, 과장된 표현이나 욕설 등으로 잡다하게 구성돼 있다. 시인은 이런 번잡함 속에서 화려하고도 리듬에 찬, 마치 증류수와 같이 순수한 언어규범을 이끌어내고 새로운 언어관계를 엮어야 하는 것이다.

그래서 시인은 언어의 성자란 말이 성립되나 보다.

9.

'시의 눈은 역사의 저 편을 보고 있다. 역사는 끝이 없지만 시는 이미 끝이 나 있는 세계를 본다. 아니 보려고 한다. 그러나 나는 언제나 어디서나 시와 함께 있는 것도 아니고 언제나 어디서나 시인일 수만은 없다. 나는 현실에서는 역사의 시간에 얽매여 있다. 역사와 함께 언제나 쉼 없이 가고 있다고 믿고(?)있다. 역사의 그 교훈 속으로 말이다. 역사여 그러나 아무 데도 없는 그 얼굴이여, 참으로 나는 네가 한 번 보고 싶다.'

지난해 타계한 김춘수시인의 '역사의 눈 시의 눈'이란 글에 나오는 말이다.

그는 덧붙여서 개나 소나 꽃이나 풀이나 나무에게는 역사가 없는가? 고 자문하면서, 있다고 해야 하지만 그들이 역사를 의식하지 못하고 있을 뿐이라고 했다. 역사를 의식하시 못히기 때문에 그들에게는 역사는 물론이고 시도 존재하지 않는다는 것이다.

그러므로 역사의 외중에서, 시인은 현장을 노래하는 것이 아니라, 이미 끝이 난 역사, 즉 역사의 저편을 보아야 한다는 말이 된다. 시인은 역사와 함께, 역사를 의식하며 시를 써야 한다는 주장도 된다.

이 글은 월드컵축구 같은 야단법석 속에서, 스포츠 마니어이기도 한 그가 시인적인 외로움, 혹은 현실에서의 번외番外적 경험을 바탕으로 쓴 것 같다.

그러니까 우리는 이제 김춘수가 보고 있던 현실이 이미

‘역사의 시간’ 에서 벗어나 있다는 것을 간절하게 느끼게 되었다. 안타까운 노릇이다.

10.

시골 초등학교들 사이에 폐교니 통폐합이니 하는 말이 화두가 된 지 몇 년이 된다. 경제가 팽창하면서 젊은 인구는 도시로, 공단으로 빠져나가고 있으니 시골의 학생 숫자가 점점 줄 수밖에 없는 탓이다.

도시지역도 결혼과 출산기피 현상 때문으로 학생 숫자가 많이 줄고 있다고 한다.

얼마 전 다녀온 나의 고향마을 모교의 경우도 그랬다. 600여 호가 사는 읍내 마을의 초등학교 전체 학생이 48명이라는 것이었다. 그 중 올해 신입생은 고작 4명. 해마다 학생이 줄어 앞으로 몇 년 지나지 않아 폐교를 하고, 학생들은 인근의 더 큰 학교에 편입학 시켜야 할 운명이라고 했다.

이래저래 어른들의 고민이 이만저만이 아니란 것이었다.

가령 폐교가 되고 형편이 닿으면 그 학교에다 문화 컨텐츠 공간이나 마련해 활용하면 어떨까 하고 욕심을 가지지만 어림도 없을 것이라는 혼자의 결론에 부딪친다. 시골의 공립초등학교는 땅이나 건물 모두 공공재산이기 때문이다.

한데 고려대 교수인 오탁번 시인은 어떤 연유에서인지 자신의 고향인 제천 어디 폐교된 초등학교 분교를 사서 ‘원

서문학관'이란 걸 세우고 거기에 기거하다시피하고 있다. 갔다 온 사람들의 이야기로는 하룻밤 묵으며 시 이야기하기 안성맞춤이더란 것이었다.

근처 풍광과 어울리게 학교건물과 주변을 꾸며놓아 문학강의실이나 관광지로도 활용할만하더란 소리도 있다.

그러면 시골의 저 갈 곳 없는 적막과, 추억이 폐쇄된 폐교의 아쉬운 공간을, 신나고 의미 있는 곳으로 바꿔줄만한 묘책은 없는 것일까?

시골을 떠났던 옛날의 학생들이 어른이 되어 그의 가족과 함께 학교로 돌아와 둘러보는 모양은 상상만 해도 유쾌하다.

11.

나는 부산에 갈 때마다 함께 술잔을 기울이는 시인들 중 선배 둘이 있다. 허만하와 김규태.

이 두 사람은 부산을 대표하는 시인으로 서로가 절친한 사이다. 의학박사인 허만하 시인은 근년에 들어 좋은 시와 시론을 써내고 있어 유명시인이 돼 있지만, 그보다 두 살이 아래의 언론인 출신 김규태 시인은 중앙에 거의 알려져 있지 않다.

두 분 다 내가 존경해마지않는 시인이고, 우리 셋은 같은 현대시 동인이다. 그 김규태가 시집 『바람의 화석』이란 걸 냈다. 그의 시가 대부분 그래 왔지만 어렵게 쓴 시들이 많다.

지금은 그의 시 이야기 보다 중앙 시단에 알려져 있지 않은 그의 면모를 소개하는 것이 더 의미 있을 것 같아 몇 자 적는다.

그는 대학시절 4년 정도만 서울에서 보냈고 그 외에는 부산에서만 60년 넘게 살아온 부산토박이다. 20대 초반에 신문기자로 출발, 편집국장과 논설주간, 고문 등을 겪었고 은퇴 이후로도 오래 머물었던 국제신문에 '김규태 칼럼'을 맡아 정치·사회·문화 전반에 걸쳐 예리한 진단을 해 이 지역 독자들에게 공감대를 넓혀왔다.

그는 서울대 불문과 재학 중 문리대문학회 기관지 〈문학〉을 창간, 송욱·성찬경·이일·이어령·유종호·박이문·오상원 등의 글을 싣고 함께 작품 활동을 했다.

최근 그는 한 시 전문지와의 인터뷰에서 자신의 시적 편력을 밝혔다.

인터뷰에서 그는 세 권의 시집을 내는 동안 순수시 세계에의 천착과 자신을 둘러싼 현실적 문제와의 갈등 때문에 늘 괴로워했다면서, 그러나 시에서는 현실 문제라도 가급적이면 내면으로 심화시키는데 최선을 다했다고 고백하고 있다.

인터뷰 중 다음의 자신이 밝힌 에피소드 하나는 중견시인이며 간부급 기자였던 40대 중반 시절 그의 일면을 엿보게 한다.

"…10.26때였어요. 심야에 일본 TV 방송을 보다가 박대통령 유고 소식을 접하고 한밤중에 나도 모르게 만세를 불러 아이들이 놀라 깬 적이 있었습니다. 좀 웃기지요. 긴급 조치 8항인가 10항인가가 헌법 이상의 절대 권력으로 세상을 지배하던 암흑시대의 끝으로, 박정희의 죽음을 받아들였기 때문이었지요."

그러나 그는 자신의 시에는 일절 이데올로기나 정치색을 노출 시키지 않았고, 그런 내용의 시를 쓰는 사람들을 경멸하기도 한 시인이다.

그의 새 시집을 읽어본 사람은 단박에 느낄 수 있는 한 단면이기도 하다.

12.

시를 쓸 때마다 나는 습관처럼 지난 해 작고한 이형기의 이 말을 떠올린다. 시 쓰기의 엄중함, 언어단련의 과정, 진정한 시에 대한 어록과 같은 이형기의 이 말은 '시詩를 위한 아포리즘' 이란 산문에 나오는 것이다.

"그대는 시詩를 몇 편이나 썼느냐고 어느 시인에게 물었다. 대답은 이러했다. ─나에게는 오늘 쓴 이 시 한 편밖에 없다. 어제까지 쓴 시는 오늘의 이 한 편이 그 정기를 모조리 빨아먹고 빈껍데기가 되어버렸으니 거론의 대상이 될 수 없다. 그리고 내일 시를 쓰면 오늘의 이 한 편이 그렇게 된다. 나에게는 언제나 오늘 쓴 이 한 편의 시가 있을 뿐이다."

그는 타계하기 전까지 10여 년 동안 투병생활을 했고, 그런 고초 속에서도 꾸준히 '오늘의 이 한편의 결정적인 시'를 쓰려고 했으며 그런 것들을 모아 병상의 시집도 낸 바 있다.

어떤 선배 시인은 자신의 시 속에 나이 먹은 티를 내지 말라고 충고한다. 시는 영원히 젊고 희망적인 언어들로 채워져야 한다는 것이었다. 그렇지만 나는 그 말에 전적으로 동의하지 않고 있다.

오히려 나는 자신의 분수나 나이에 합당한 처신을 잊어버리고, '작위적으로' 선善이나 신선함만을 찾아다니는 것을 주책으로 보는 편이다.

그가 시인이든 누구든 나이를 먹는다는 것은 한 사람의 인생에선 결정적인 새 경험이며 인식의 긴 과정이다. 거부할 수 없는 자신의 삶의 형식인 것이다. 그 과정에 순응한 시는 읽는 사람들에게 새로운 진정함을 심어주는 것이 아닐까.

이형기의 주장처럼 나 역시 '오늘의 이 한편의 시'를 쓰기 위해 지난 1년 넘는 기간 동안 적어도 30편이 넘는 시를 썼다. 다른 많은 사람들처럼 여러 가지 경험을 했으며 그런 체험과 상상을 통해 전하고 싶었던 내 정신의 메시지를, 나름대로의 시선으로 엮어보려 했다.

여기 10편은 그 가운데 마음에 드는 것을 고른 것이다. 나머지는 계속해서 고치고 덧붙여서 나의 시로 완성하려고 결심한다.

나이가 거듭될수록 시 쓰는 일이 어렵다. 부박한 세상에 떠서, 부박함에 만족하며 시간을 흘려버리는 나의 불투명한 삶에서 어떻게 좋은 시를 캐낼 수 있단 말인가.

깊은 것, 언어와 사유의 진정한 것을 생각하기 위해서는 두꺼운 세속의 껍질을 벗기고 명징함을 회복해야 한다. 사실 요즈음 같은 삶의 틀 속에선 세속의 때를 벗겨낸다는 것은 어려운 일임엔 틀림없다.

시가 쉽게 쓰여 지지 않고 남의 시를 읽고도 감명하는 일이 드물어진 이유 또한 여기에 있는 듯하다.

13.

2006년 3월초 나는 대퇴부 골절상을 입었다. 구파발 집 부근에서 길을 가다 쇠붙이에 부딪쳐 뼈를 다친 것이었다. 이 때문에 20여일을 입원을 한 채 치료했고, 퇴원해서 10개월 넘게 집과 병원을 왕래하면서 물리치료외 재활운동을 겸하고 있다. 한 달 정도 더 이러다보면 부상 전과 같은 걸음이 될 것으로 믿고 있지만 나이도 있고 해서 쉽지 않을 것이다.

다리 부상은 나의 정신과 신체에 새로운 체험을 엮어주었다. 휠체어에서 목발로, 목발에서 벗어나서는 지팡이에 의지해 걸어 다니며 정신 건강과 신체적 움직임의 미묘하고도 정밀한 구조를 재확인한 것이다.

병원신세를 지고 통증과 싸우고 재활을 향해 고군분투를

하는 두 달 동안 사실 나는 거의 시 쓰기를 중단하고 있었
다. 어떤 시인은 나에게 통증을 견디면서 곰삭은 시를 썼으
면 한다는 격려의 글을 보내줬지만, 그럴 힘도 여유도 없었
던 것이다.

이 가을에 우리 가족은 23년 동안 붙박이처럼 살던 구파
발을 떠날 것 같다. 지금까지의 옛 동네 구파발이 다 헐리
고, 거기에다 '은평뉴타운'이란 새 아파트단지가 조성되고
있어 더 이상 아무도 옛날식으로 머물 수가 없어졌기 때문
이다.

함께 오랫동안 한 동네에서 어울려 살던 우리들 '한양주
택' 214가구의 사람들은 목하 이사준비가 한창이다. 이미
보상금을 받고 떠난 집도 많이 있다. 그래서 이 마을 사람
들의 화두는 언제 어디로 이사를 가느냐에 집중돼 있다.

나는 지난해 여름부터 헐리기 시작한 뉴타운 대상지를
넉넉한 마음으로 구경하며 다녔다. 사람 살던 곳이 비워지
고, 대신 쓰레기들이 한도 끝도 없이 나와서 나뒹구는 모습
은 참담하기 그지없었다. 그런 풍경이 이제 나의 집에서도
이웃들에게도 일어날 것이었다.

도시의 재개발이란 것은 삶과 떠남, 이별이란 관계 속에
숨은 비극적 일면을 환기시켜주는 것 같다. 사람과 연관된
것들, 특히 애완동물이나 과수들의 버림받음에의 예감은
눈에 확연하게 드러날 정도였다.

예컨대 집집마다의 개는 풀이 죽기 시작했고, 주인 잃은 고양이들이 동네를 헤매 다녔으며, 초여름이면 지천으로 열리던 앵두는 하나 열리지 않았다. 또한 살구들은 익자말자 떨어지거나 벌레들의 먹이가 되고 말아 어느 집도 수확을 하지 못했다. 지금도 이 동네의 나무들은 거의가 죽은 색깔을 하고 있다.

모든 사물이나 사람과의 관계 등에서 자연은 스스로 이별의 방식을 제시하는 것일까?

구파발에 사는 동안 나는 구파발에 관해 적잖은 시를 썼다.

이사를 가면 거기에서 새로운 사물과 만나고 다른 경험을 하면서 그것을 언어로 다스려야 할 것이다. 언제나, 그리고 마땅히 그럴 수밖에 없겠지만, 그 때문에 새로운 곳으로 삶의 터전을 옮긴다는 것에 대해 나는 벌써부터 마음이 설레기도 한다.

약삭빠른 상념이며 처신일 것 같지만 시 쓰는 사람의 습관이 그 지경이니 어쩌겠는가.

14.

구파발에서의 여러 풍경을 보면서 나는 사물의 하잘 것 없음과 무가치함에 대해 많은 시달림을 겪었다. 이 동안 나는 서글픔이란 것을 나의 시 속에 다듬어 넣고 있었던 것 같다. 외로움이거나, 쓸모없이 쌓아온 연륜 탓인지도 모른다.

'집 부수기'는 개발지역이면 자주 보이는 풍경의 일단이다. 좋은 터를 사서 정성들여 지었던 자신의 집을, 헐값으로 수용되어 강제 비슷하게 부숴야 하는 모습을 지켜보는 일은 참담하다. 트럭에 실려 가는 오랜 삶의 편린들. 시는 그런 편린들에게서 아픔을 발견하고 타인에게 전해야 하는 것이 아닐까?

'헌 구두'는 구파발 내 집에서 얻은 사소한 이야기다. 누구에게나 그런 경험이 있는 그저 그런 소감의 피력이다. 헌 구두와 지금의 나의 처지에 대한 비교로 보면 된다.

소멸이라든가 버림받음에 대한 안타까움이나 체념을 적고 싶었는데, 절망이 더 앞섰던 것 같다. 오래 버려두었던 헌 구두를 보자 구체적으로 몇 마디의 언어가 떠올라 쓴 시다.

나머지 세 편의 시는 그동안 여행이나 외출을 하면서 얻은 상념의 일단을 적은 것들이다. 내용은 앞의 구파발을 소재로 한 두 편과 크게 다르진 않다.

'우포늪 북천北天'은 겨울철새들이 머물다 가는 창원의 주남저수지에서의 음력 정월 체험과, 그 전전해 초봄 우포늪을 둘러본 기억을 연관시켜 만든 시다. 이 두 늪은 같은 경남에 있는데다 넓고 흐린 수면에 수초가 가득한 공통점이 있다. 우포늪은 주남저수지보다 조금 북쪽인 창녕에 있는 1억4천 년 된 거대한 늪으로, 희귀동식물 등 자연생태계가 그대로 남아있는 곳으로 잘 알려진 곳이다.

나의 고향은 이 두 늪과 정삼각형을 이루는 곳인 동남쪽 낙동강변의 밀양 하남이다. 어려서부터 봄이 오기 전 서쪽 하늘 멀리 날아가는 기러기 행렬이 눈에 익었다.

두 저수지에서 연관 지어 얻은 나의 시적인 이미지는 사라짐과 적막이었다.

'뚝섬근처' 역시 겨울철새가 등장한다. 청계천이 새 단장으로 복원되고 나서 나는 발원하는 광화문 근처에서 뚝섬에 있는 '서울의 숲'까지 산책을 자주 했다. 시내 쪽은 사람이 많지만 하류인 이곳에는 비교적 한산하다.

서울 강북을 관통해서 흐르는 두 물이 한강과 만나는 지점에 서 있으면 그 막막함에 당황하게 된다. 그것이 또 추운, 저녁이 빨리 오는 동짓날이면 더욱 그럴 것이다.

마지막으로 '편지'는 옛날 우리가 살던 부산의 집에 가본 소감을 적은 시로, 따로 구차한 설명이 필요할 것 같지는 않다.

부엌과 단칸방뿐이었던 길가의 그 작은 집은 아무도 사들여 새로 지을 만한 가치가 없었던지 오래 방치돼 왔던 것 같다. 스스로 무너져 없어질 때까지 사람들은 그 집을 그냥 보고만 있을 것이었다. 세상에서 버림받은 것의 쓸쓸한 최후를 보는 마음을, 편지로 쓰듯 고백해본 시다.

15.

내가 즐겨 다니는 산책로 몇 군데엔 크고 성근 흰 꽃을 가을바람에 길게 흔들어대는 구절초 무더기가 있다

구절초는 내가 구파발 집 뜰에서 몇 그루 키우다가 애석하게 죽인 일도 있어 개인적으로 유달리 정이 가는 식물이다.

완상도 완상이려니와 꽃잎으로 차를 다려 마시면 향기 또한 산뜻했다.

가을에 빛이 나는 이 구절초 꽃을 보며 산책을 다니다가, 나는 편집자가 요청한 자선 대표시선 두 편에 '우포늪 북천北天' 과 '이사'를 골랐다. 둘 다 담담하게 쓴 짧은 시다.

나는 십여 년 전부터 가능하면 길고 거창한 내용을 시에 담지 않으려고 애쓰고 있다. 긴 시나 요설의 시에 대해 염증을 내는 탓도 있고 시에 대한 결벽증 탓도 있다.

요즈음 우리 주변에는 낡고 흔한 단어들이 너무 장황하게, 마치 아우성처럼 흘러 다니고 있음을 본다. 그런 언어들은 나와는 상관없어야 하는데 이 속에 사는 나는 어느덧 거기에 물들어 때를 묻히고 감성마저도 무디어지고 있음을 자각한다.

내가 거기에 매몰되고 있음이 가끔 두렵고 안타까워, 빠져나와야지 하는 자각과 함께 나 자신에게도 저어새처럼 고개를 가로젓고 있다.

16.

지난 5년여 동안 쓴 시들을 다 정리하고 났더니 마음속에 정리 못한 한 편의 시가 떠올라 상당한 부담이 되었다. 다음에 인용하는 시가 그것이다.

이 시는 원래 한국신문편집기자협회에서 내는 〈편집기자회보〉 창간 20주년 기념으로 써준 것이다. 기념 시니 행사시니 하는 것과는 담을 쌓아왔던 나는 협회 측으로부터 몇 차례 부탁을 받고, 내용이 좀 개인적인 것이어도 좋으냐고 물어 괜찮다는 대답을 듣고서야 써주었다.

5,7년 전의 일이지 싶다. 그러니까 축시로도 많이 모자라는 시일 것이다.

이 시를 여섯 번째 시집에 넣을까 하다 그만두었고, 이번에도 많이 망설였다. 나에게는 마치 계륵 같은 시이기에 더욱 그랬다.

목적을 가지고 쓴, 세속적 진정성을 너무 강조하여 '나의 시' 답지 않는 내용을 담은 것이 아닌가 싶어 시집에 넣지 않고 있던 것이다.

이 시작노트의 끝 부분에 이 글을 사족처럼 붙이는 이유도 여기에 있다.

우선 시부터 읽어보자. 제목은 「야근夜勤」.

7년을 꼬박 야근을 한 적이 있다/나의 지난 70년대/신문 활자의 완고한 정적 속에다/나의 서른 살 갈등과 울분 다 쏟아 넣고/통금으로 막혀 허기진 새벽/서울 청진동골목에서/소주

에 취해 비틀대며 기염 토했었다/사흘에 한 번 야근을 끝내고
인생이란 회한만 쌓다가 가는 것/나이 좀 들어서야 알게 되
었다/더 많이 산 자가/삶의 부질없음 그만큼 경험하듯
진실을 외면하고 부정과 싸우지 못한 것/당시엔 가혹한 시
련이었지만/서른 해가 지난 지금 나는/가장무도회나 치른 듯
쉽게 잊으려 한다/역사는 공모하는 거라고 수다를 떨면서…/
누렇게 바랜 신문철 속에/ 내가 붙인 제목 몇 개도/납의 침묵
처럼 삭고 있을 테지만

나의 '연보' 속에도 나오지만 조선일보로 복귀한 1971년
부터 80년대 중반까지 나는 뉴스 면 담당으로 야근을 밥 먹
듯 했다.

지금은 서울의 대부분 종합지가 조간으로 바뀌었지만 그
땐 조선 과 한국 두 신문만 조간이고 나머지는 석간이었다.

70년대는 잘 알다시피 제3공화국과 유신치하여서 언론
자유가 없다시피 했다. 5공에 들어서도 마찬 가지였다. 그
런 언론 환경 속에서 신문 제작 일선의 일익을 담당했던 나
는 도리 없이 탄압에 대한 갈등과 좌절 속에 던져 질 수밖
에 없었던 것이다.

창피스럽고 자존심 상하는 회고가 되겠지만, 힘들게 살
았던 감정의 움직임을 시로 표현한 유일한 것이다.

나의 이런 유치한 발상에 대해 너그러운 양해 구하고 싶
다.

1938년 음력 10월 그믐 아침 경남 밀양시 하남 백산에서 3
남1녀 중 2남으로 태어났다. 나의 아버지(이계대李啓
大)와 어머니(송금수宋今秀)는 내가 두 살 때 홍역을
치르고도 살아나자 비로소 호적에 출생신고를 했
다. 그러니까 호적상으로는 1940년 12월10일생으
로 돼 있는데, 당시는 일제치하라 무조건 양력으로
환산해서 생일을 기입한 것 같다. 그러나 지금까지
음－양력 생일이 한 날이 된 적이 한 번도 없었다.
본명 이유곤. 하남읍 백산은 하남벌판의 한가운데
있는 600여 호의 동네다. 하남 벌은 수리시설이 꽤
잘 된 평야지대. 서남단으로 낙동강이 흐르고 있어
곡창이라 할 만하다. 나의 아버지는 논과 밭 4천 평
남짓 가진 농부였다. 나는 훗날『하남시편下南詩篇』이
란 시집을 낸 바 있는데, 이 시집엔 고향 주변의 사
물을 노래한 시가 많이 들어있다.

1946년 백산초등학교 제1회 입학생으로 들어가 한글1세대
로 52년에 졸업했다. 나는 광복한 해 전 일제하 초
등학교에 입학했다가, 멋모르고 다섯 살로 돼있는
호적등본을 제출하자 등교 15일 만에 교실에서 쫓
겨난 에피소드가 있다. 4학년 때 동란이 일어났고
소강상태의 전쟁 중에 졸업을 했다. 그러나 집안 형
편상 바로 진학을 못 하고 한 해 동안 재수를 했는
데 그 기간 동안 아버지가 읽던 이야기 책, 형이 가
져다준 소설책 등을 몇 차례고 탐독하며 세월을 보

냈다.

1953년 강 건너 30 리 길 김해의 진영중학에 입학하여 1~2
학년은 통학을, 3학년 땐 진영읍에서 자취를 했다.
중학1학년 때 서울에 있는 소년태양(한국일보 전신
태양신문이 발간)이란 주간 신문주최 전국중학생
문예현상모집에 산문부문 가작에 입선하여 조례 때
교장선생으로부터 상장과 상품인 만년필을 전달 받
았다. 이를 계기로 국어선생에게서 본격적인 문학
공부를 했고, 2년 선배로 같은 계열의 농고 재학 중
인 선배와는 프린트 판으로 2인 시집을 내게 된다.
1956년 부산 경남고교에 입학하여 본격적인 시 수업을 받
았다. 이 학교엔 시인이며 소설가인 손동인孫東仁 선
생이 국어를 담당하고 있었는데 나는 중학을 졸업
하면서 그에게 편지를 보내 반드시 합격할 테니 특
별히 시작수업을 부탁한 것이 나중 교무실에서 '생
뚱맞은 놈'으로 웃음꺼리가 된 적도 있다. 1학년에
동급생인 안철환 김종박 등과 '습작기'란 시 동인
지를 내고 우리는 거의 매일이다시피 손선생의 집
에서 늦게까지 시에 관해 이야기 하고 습작한 것을
돌려 보곤 했다. 고교 3학년 때 나는 부산시내의
'유망' 시인지망 고교생들과 제휴, 동인지 〈한류寒流〉
를 발간했는데 이들 가운데는 부산부경대 총장을
지낸 시인이며 비평가 강남주와 시인 김영준 등이
있다.

1959년 1월1일자 국제신문 제1회 신춘문예당선작 발표에 나의 시 「과원果園에서」가 당선작, 다른 이름으로 낸 '바람'이 가작으로 발표되었다. 심사평을 김춘수가 썼는데, 당선작은 근래 보기 드문 수작이라고 적혀 있었다. 당선과 가작 상금 4만환을 보태 한 해 아래인 부산사범 문학소녀 문육자와 함께 2인시집 『과수원果樹園』을 낸 잔금을 치렀다. 잡지 『사상계思想界』에서 신인 추천제도가 생겨 5편을 투고했다. 박남수 시인으로부터 짤막한 엽서가 왔는데 5편을 더 보내면 추천여부를 결정하겠다는 내용이었다. 입시 공부는 않고 시를 급조하고, 국제의 신춘문예 당선작이 발표된 신문을 동봉해서 보냈다. 내가 〈사상계〉3월호에 과수원 시 3편이 추천된 것을 본 것은 대학시험을 치르기 위해 상경한 첫 날이었다. 외대 불어과를 지망해 합격했다. 외대 1학기 말 한 해 선배들인 성균관대의 주문돈, 고려대의 정진규, 서울대의 박상배·조동일·박동환, 그리고 한국외대의 나 등 7명이 '화요회'라는 동인회를 조직했다. 우리는 매주 화요일 동숭동 대학로의 '별장'이란 다방에서 모임을 갖고 시를 돌려 보며 시에 관해 토론을 했다. 그러나 이듬해 5.16이 일어나고 반정부적 사건이 발생, 우리 가운데 관련자가 생기는 등 우여곡절 끝에 '화요회'는 흐지부지 흩어지고 말았다.

1962년 학보병 군번을 받아 군에 입대했다. 전방 등지에서

1년6개월을 근무하고 63년 8월 제대 했다. 한 학기를 더 휴학하며 창원의 외가에 가서 아이들을 가르치며 1천 장 분량의 장편소설을 썼지만 복학과 함께 중단, 서울에서 불태워 없앴다.

1964년 3학년에 복학하고 6월에 시지면서도 동인지였던 〈현대시〉를 젊은 시인들의 동인지로 재편성하면서 나 역시 동인이 되었다. 새로 나온 〈현대시〉 제6집에 나는 '뽈 끌로델 시고試考'란 짤막한 에세이를 썼다.

1965년 부산의 국제신보에 입사하고, 기자 수습을 끝낸 그해 9월 외대를 졸업했다. 신문사에선 주로 편집을 담당했는데, 이를 계기로 98년까지의 언론계 생활 33년의 태반을 편집기자로 보내게 된다.

1966년 김국대金菊代와 결혼, 그해 장녀 인아, 68년에 진아, 71년 현아, 73년 장남 상목이 태어나 1남3녀의 아버지가 된다.

1968년 조선일보에 전입하고 편집부에 근무하기 시작. 부산의 셋방을 처분하고 서울로 솔가함. 첫 시집 『밀알들의 영가』(삼애사)에서 출간

1969년 중앙일보 편집부로 전입

1971년 조선일보 편집부로 다시 전입, 74년 편집부차장, 80년 출판국 월간조선 부장 대우, 편집국 편집부장 대우, 문화부 부장 대우, 출판국 월간낚시 부장, 가정조선 부장 등을 역임

1975년 두 번째 시집 『하남시편』(일지사)을 내고 이듬 해

이 시집으로 제8회 한국시인협회상을 수상했다.

1982년 프랑스 보르도3대로 언론연수를 떠나 1년 만에 귀국했다.

1983년 세 번째 시집『초락도』(문학세계)를 내다.

1986년 시 선집『우리의 탄식』(고려원)을 내다.

1988년 '내가 뽑은 나의 시' 시리즈로『풀잎의 소리들』(문학사상사)을 내다.

1990년 시집『구파발 시』(문학세계)를 내다. 스포츠조선 창간멤버로 부국장 대우 겸 편집1부장으로 옮겨 가 있다가 98년 편집부국장에서 명예퇴직 함

1998년 다섯 번째 시집『몇 날 째 우리 세상』(문학수첩)을 내다.

1999년 아내와 함께 부산으로 내려가 월간 〈일요낚시〉 주간 노릇을 하며 소일하다 3년만에 상경했음

2002년 아내와 사별

2004년 제6시집『겨울 숲에 선 나무의 전언』(아침나라)을 내다. 이 시집은 구작 50여 편을 손보아 재수록 하고 나머지 50여 편만 신작이어서 신작 시집으로 간주하기는 난처한 점이 없지 않다. 이 시집으로 제4회 '최계락 문학상'을 수상했다.

2007년 일곱 번째 시집『자갈치통신』(시안황금알 시인선)으로 나오다.